A mi madre,
por todas las princesas azules, elefantes alados,
gatos parlantes y viajes imposibles
que habitan en sus cuentos.

Gracias a José por su confianza y su cercanía.
Gracias a Pablo, Violeta, Guille, Jimena, Elena y Martina
por ser la sal de la tierra y el rayito de sol de todas mis sonrisas.

¿Hay algo más
aburrido
que ser una princesa rosa?

Raquel Díaz Reguera

thule

Carlota era una princesa rosa;
con su vestido rosa,
su armario lleno de ropa rosa
y una habitación con una cama,
con unas sábanas y una almohada rosas.
Pero Carlota
estaba harta del rosa
y de ser una princesa.

¿Había algo más aburrido en el mundo
que ser una princesa rosa?

Las princesas son tan cursis que solo con
un pequeño guisante escondido debajo
de cien colchones pierden el sueño.
Carlota, sin embargo, podía
dormir como una marmota
incluso sobre un elefante.

Una vez conoció a una princesa
que se pasaba el día
besando a los sapos del estanque
para ver si alguno
se convertía en el príncipe azul.

Pero Carlota no quería un príncipe azul.

¿Por qué no había princesas
que surcaran los mares
en busca de aventuras?
¿O princesas que rescataran
a los príncipes
de las garras de un lobo feroz?

¿O princesas astrónomas
que pusieran nombre
a todas las estrellas del universo?
¿O princesas cocineras
que hicieran tartas de chocolate
y galletas con mermelada?

Carlota era una niña y soñaba
con cazar dragones,
buscar tesoros,
amaestrar mariposas,

desenredar enredos,
fabricar aviones de papel,
nadar a lomos de un delfín,
perseguir palomas mensajeras
y conocer los confines de la Tierra
viajando en un gigantesco
globo volador.

Pero su madre era una reina rosa;
con sus vestidos rosa,
su armario lleno de ropa rosa
y una habitación con una cama,
con unas sábanas y una almohada rosas.
Como **toooodas** las reinas.

Y su padre era un rey azul;
con su traje azul,
su trabajo azul
y su vida azul.
Como toOOodos los reyes.

—¿Por qué estás tan seria Carlota?

—le preguntó su madre una mañana.

—Mamá, yo no quiero ser una princesa rosa.

Yo quiero viajar, jugar, correr y brincar

y quiero vestir de rojo,

de verde o de violeta...

—Hija mía —le dijo la reina—,

las princesas son muy *delicadas*

y no pueden salir de palacio

porque se pondrían enfermas,

no pueden correr y brincar porque

estropearían sus bonitos vestidos de seda.

Y no pueden vestir de verde ni de azul

porque esos colores no les sientan bien.

»Las princesas son como las rosas,
flores frágiles cuyos pétalos
no resistirían ni un soplo de viento.
—Pero mamá,
yo no soy una flor.
Soy una **niña**.
La reina se quedó pensativa
y luego respondió:
—Pues es verdad.

Entonces decidieron ir a hablar con el rey.

—Papá —dijo Carlota—,

yo no quiero ser una princesa rosa.

Yo quiero **viajar**, **jugar**, **correr** y **brincar**

y quiero vestir de rojo, de verde o de violeta...

—Hija mía —le dijo el rey—,

las princesas son como las rosas,

flores muy frágiles cuyos pétalos no resistirían

ni un soplo de viento.

—Pero Papá, **yo no soy una** flor. Soy una niña.

El rey se quedó pensativo

y luego le respondió:

—Pues es verdad.

Entonces decidieron
ir a hablar con el hada madrina.

—Hada —dijo Carlota—,

yo no quiero ser una princesa rosa.

Yo quiero **viajar**, **jugar**, **correr** y **brincar**

y quiero vestir de rojo, de verde o de violeta...

—Carlota —le dijo el hada—,

las princesas son como las rosas,

flores cuyos pétalos no resistirían ni un soplo de viento.

—Pero hada, yo no soy una flor. Soy una niña.

El hada se quedó pensativa y luego le respondió:

—Pues es verdad.

Así es que el rey llamó a todos sus consejeros

y Carlota les habló:

—Consejeros reales,

yo no quiero ser una princesa rosa.

Yo quiero viajar, jugar, correr y brincar

y quiero vestir de rojo, de verde o de violeta...

—Carlota —le dijeron los consejeros—,

las princesas son como las rosas,

flores frágiles cuyos pétalos

no resistirían ni un soplo de viento.

—Pero, yo no soy una flor. soy una niña.

—¡Oooooh! —dijeron los consejeros—,

pues es verdad.

Entonces decidieron convocar
en palacio a todos los reyes,
reinas, príncipes azules,
hadas madrinas y consejeros del mundo
y a todas las princesas,
que unidas dijeron:
—Nosotras no queremos ser princesas.
Queremos viajar, jugar, correr y brincar
y vestir de rojo, de verde o de violeta.
Y no somos flores,
¡SOMOS NIÑAS!

Nadie supo qué responder,
hasta que al fin habló
la más anciana y sabia
de todas las hadas madrinas
allí reunidas.
—Es verdad, las princesas no son flores
y a partir de ahora mismo
podrán ser lo que quieran ser.

Todos aplaudieron,
excepto un príncipe azul,
que con el gesto muy serio, preguntó:
—¿Y qué hacemos ahora
los príncipes azules?
La anciana se quedó pensativa
antes de responder:
—Vosotros podréis vestir de rosa.

Así, una tras otra,

las princesas dejaron de ser princesas

y comenzaron a viajar, a jugar,

a correr y a brincar y, por supuesto,

olvidaron sus vestidos rosas

y se vistieron de rojo, de verde

y de todos los demás colores del arco iris.

Y ahora, dime:

—¿Por qué todas las niñas
quieren ser princesas?

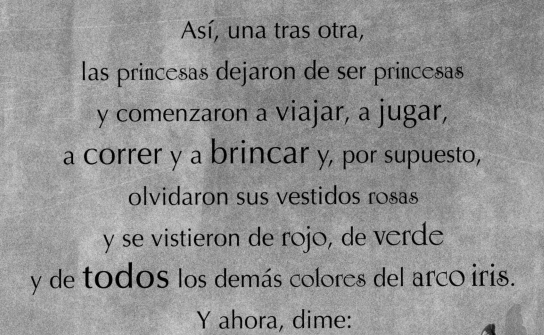

¿Hay algo más aburrido que ser una princesa rosa?

Novena edición: mayo de 2016

© 2010 Raquel Díaz Reguera (texto e ilustraciones)
© 2010 Thule Ediciones, SL
Alcalá de Guadaira 26, bajos
08020 Barcelona

Director de colección: José Díaz
Diseño y maquetación: Jennifer Carná

EAN: 978-84-92595-58-7
D. L.: B-10835-2012

Impreso en Índice, Barcelona, España

www.thuleediciones.com